TEXTO
Ricardo Philippsen

ILUSTRAÇÕES
Ana Matsusaki

O PERIGO da SEMENTE

Copyright do texto © 2021 Ricardo Philippsen
Copyright das ilustrações © 2021 Ana Matsusaki

Direção e curadoria	Fábia Alvim
Gestão comercial	Rochelle Mateika
Gestão editorial	Felipe Augusto Neves Silva
Diagramação	Ana Matsusaki
	Raoni Machado
Revisão	Marcela Oliveira

Dados Internacionais de Catalogação na Publicação (CIP) de acordo com ISBD

P552p   Philippsen, Ricardo

O Perigo da Semente / Ricardo Philippsen ; ilustrado por Ana Matsusaki. - São Paulo, SP : Saíra Editorial, 2021.
32 p. : il. ; 21cm x 27cm.

ISBN: 978-65-86236-41-5

1. Literatura infantil. I. Matsusaki, Ana. II. Título.

2021-4192   CDD 028.5
                             CDU 82-93

Elaborado por Vagner Rodolfo da Silva - CRB-8/9410

Índice para catálogo sistemático:
1. Literatura infantil 028.5
2. Literatura infantil 82-93

Todos os direitos reservados à
Saíra Editorial
Rua Doutor Samuel Porto, 396
Vila da Saúde – 04054-010 – São Paulo, SP
Telefones: (11) 5594- 0601 | (11) 9 5967-2453
www.sairaeditorial.com.br | editorial@sairaeditorial.com.br
Instagram: @sairaeditorial

Dedico este livro a todos os que andam por aí com os bolsos cheios de sementes esperançosas de encontrar um lugar para crescer.
Ricardo Philippsen

Para todas as trabalhadoras e todos os trabalhadores da agricultura familiar.
Ana Matsusaki

Tudo começou com uma ideia que parecia inofensiva.

A partir daquele dia, na hortinha no fundo do quintal, eu deixaria as hortaliças completarem seu ciclo de vida. Em outras palavras, deixaria que produzissem sementes. Esperava assim não precisar comprar mudas ou sementes com tanta frequência.

Eu não fazia ideia do que aconteceria depois disso.

No início, foi fascinante. Descobri flores que eu jamais imaginei existirem.

Entrei em êxtase quando vi desabrochar a primeira flor da chicória: era de um lilás exuberante.

As primeiras sementes vieram,
amadureceram, foram colhidas e semeadas.

Tudo parecia bem. As mudinhas cresceram como esperado, mas algo que eu não tinha previsto começou a acontecer: nem todas as sementes foram colhidas. Algumas se espalharam desordenadamente pela horta. Outras foram levadas para lugares ainda mais indevidos.

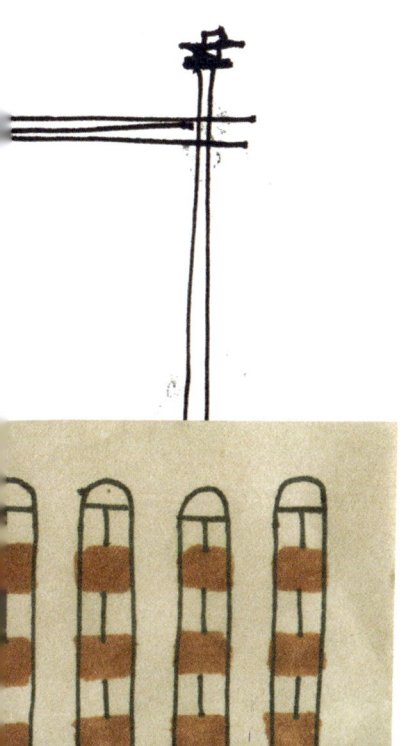

Com o passar dos meses, fui perdendo o controle. A horta ficou bagunçada. Alface nascia do lado de tomate, cenouras brotavam por toda parte, framboesas e physalis cresciam ao pé das árvores e os canteiros de flores agora estavam infestados de comida.

Eu devia ter parado nesse ponto, mas acabei me acostumando com a ideia e deixei a natureza seguir o seu curso.

Mais um problema. A produção ficou grande demais e, como todo mundo sabe, é errado jogar comida fora. A solução, pensava eu, era dar o excedente aos vizinhos.

Ruibarbo para um, espinafre para o outro e em pouco tempo eu tinha as crianças dos vizinhos grudadas na cerca pedindo morangos.

Dias depois observei uma dessas crianças andar de um lado para o outro com uma enxada na mão, achando que aquilo era algo a ser copiado.

Os vizinhos não entenderam nada. Ao invés de perceberem que eu estava tentando me livrar das sobras, ficaram felizes. Vinham para a cerca conversar e insistiam em retribuir.

Quando não era um convite para o café, um pacote de biscoito caseiro ou um pedaço de torta das frutas da minha horta, era um casaco que estava sobrando ou alguma outra coisa que eu talvez pudesse usar.

Certo dia um dos vizinhos apareceu com um presente dizendo que seria perfeito para mim. Era o seu jeito de agradecer por toda a alface que ele já tinha recebido. Ganhei uma galinha! Era só o que me faltava!

Entrei em um círculo vicioso. Cada vez mais comida, cada vez mais sorrisos, mais conversas e mais sementes. Já não preciso mais ir ao mercado comprar hortaliças. Faz anos que eu ganho tanta roupa que não preciso mais ir ao *shopping*.

Passo tanto tempo na horta que mal sobra tempo para a internet. Nem lembro quando foi a última vez que eu assisti à televisão.

Sinto que estou perdendo o controle das coisas.

RiCardO PHiLiPPsEN

Ricardo vive na colônia Witmarsum, uma pequena comunidade rural. Foi lá que ele cresceu em meio a vizinhos que se ajudam, conversam e compartilham. Foi lá, na horta no fundo de seu quintal, que surgiu o perigo da semente. É lá que ele cultiva sua família, sua horta e a cultura de seu povo.

Ana MaTsUsAKi

Ana, artista gráfica e jardineira de apartamento, atualmente vive em Curitiba. Na esquina de sua casa, havia um terreno abandonado. A vizinhança se reuniu e pensou que não faria mal nenhum jogar uma sementinha aqui e outra ali. Em pouco tempo o espaço ficou infestado de milho crioulo, capuchinha, mandioca e mamão. Veio sabiá, minhoca e criança. Brotou até escorregador e balanço. O terreno abandonado virou pracinha. E é lá que ela vê crescer muitas das coisas que desenhou neste livro.

Esta obra foi composta em Source Seif Variable e impressa em offset sobre papel offset 150 g/m² para a Saíra Editorial em 2022